LA BRIGADE DES SOUVENIRS

1. La lettre de Toinette

Scénario : Carbone et Cee Cee Mia

Dessin : Marko

Couleurs : Maëla Cosson

DUPUIS

Que notre route soit longue, Carbone, Cee Cee Mia!
Qu'elle laisse de beaux souvenirs à la Brigade!
Marko

Un grand merci à Chouchoune qui m'a parlé de cette lettre retrouvée dans le plafond d'un hôtel et qui m'a complètement embarquée dans l'aventure d'Ernest et Toinette.
Merci à toute la team Dupuis et à Laurence pour son soutien de toujours.
Merci à Marko qui a sublimé ce voyage et à Maëla qui l'a coloré.
Merci également aux miens qui m'accompagnent dans chacun de mes projets:
Jamel, Islème, Jessim et Chadène, ces histoires ne seraient rien sans vous.
Je dédie cet album à tous nos «anciens», héros de l'ombre,
et à tous leurs souvenirs-trésors qui méritent qu'on les partage.
Cee Cee Mia

Merci à Cee Cee pour cette belle aventure... et le reste,
à Marko de lui avoir donné si bien vie, à Maëla pour ses si belles couleurs,
à Laurence, Stéphane, Dominique et toute l'équipe des éditions Dupuis,
et à Marie pour ses si bons et si précieux conseils!
Carbone

Maquette: Dominique Paquet
Rédaction du dossier: Carbone et Cee Cee Mia
Illustrations: Marko
Mise en couleur: Maëla Cosson

Crédits iconographiques du dossier:
Les photos sont © Collection Musée de la Grande Guerre, Meaux, tous droits réservés,
excepté: page 1: © Laurent Salimpour, 2021; page 3: © D.R., 2021;
page 6-1: Nicole Mangin © Collection privée Philippe Wachet, 2021; pages 6-2 et 6-3:
les photos de Marie et Irène Curie sont © Musée Curie (coll. ACJC), 2021.

PREMIÈRE ÉDITION
Dépôt légal: septembre 2021 – D.2021/0089/049 – ISBN : 979-1-0347-3611-9

Éditions Dupuis s.a., rue Destrée 52, 6001 Marcinelle, Belgique.
Imprimé par Delabie-Lesaffre, ZI La Martinoire,
bd de l'Eurozone 9, 7700 Mouscron, Belgique.

Achevé d'imprimer en août 2021.

WWW.DUPUIS.COM

Juin 1918...
Ernest chéri...
Je suis absolument désespérée...
TOINETTE, OUVRE !
TU L'AURAS VOULU !
Non ! Non ! Pas sœur Magdalena !
Tu ne perds rien pour attendre ! Dieu m'est témoin...
PETITE INGRATE... COMMENT AS-TU OSÉ ?
KLONK
Les Biscuits Roux
Ernest ! Pauvre de moi...
Dans la maison où le Seigneur t'accueille ! DIABLESSE...
Oh, mon Ernest ! Viens me sauver !
KLAK

PATROK!!!
J'ai dit au pied !
PATROOOOOOOOK!!!
OUAF!
OUAF!
OUAF!
OUAF!
OUAF!!
Quelle autorité !
PATROOOK!! VIENS LÀ !
Ce chien t'écoute, Alban...
Ça fait peur !
AH! AH! AH! AH! AH!
Bien d'accord avec ta sœur !
Ça va, vous deux ! Et te moque pas, Tania. Si tu l'avais pas détaché, on serait pas là !
HA! HA! HA!
OUAF!
D'ailleurs, on est où ?
Heu, comment dire...
ECOLE
OUAF!
C'est quoi cette ruine ?

C'était quoi ? Une école ?
On dirait bien ! Mais moi j'y suis jamais allé...
À l'école ! AH!AH!AH!!!! C'est bien ce qu'on pensait.
T'es naze ! J'ai jamais été dans CETTE école !
Ha, parce que tu as été dans d'autres ?
PFFF! N'importe quoi !
Rattache Patrok avant qu'il s'échappe encore !
Conseil judicieux !
OUAF!
OUAF!
OUAF!
OUAF!
RAAAHH!!!! Saleté de chien !
OUAF!
OUAF!
OUAF!
C'est malin ! On fait comment maintenant ?
J'ai pas fait exprès !
Oups !
Je me doute !
Zut, ça s'ouvre pas !
KLONG
KLONG
Pas le choix !
POUSSEZ-VOUS !

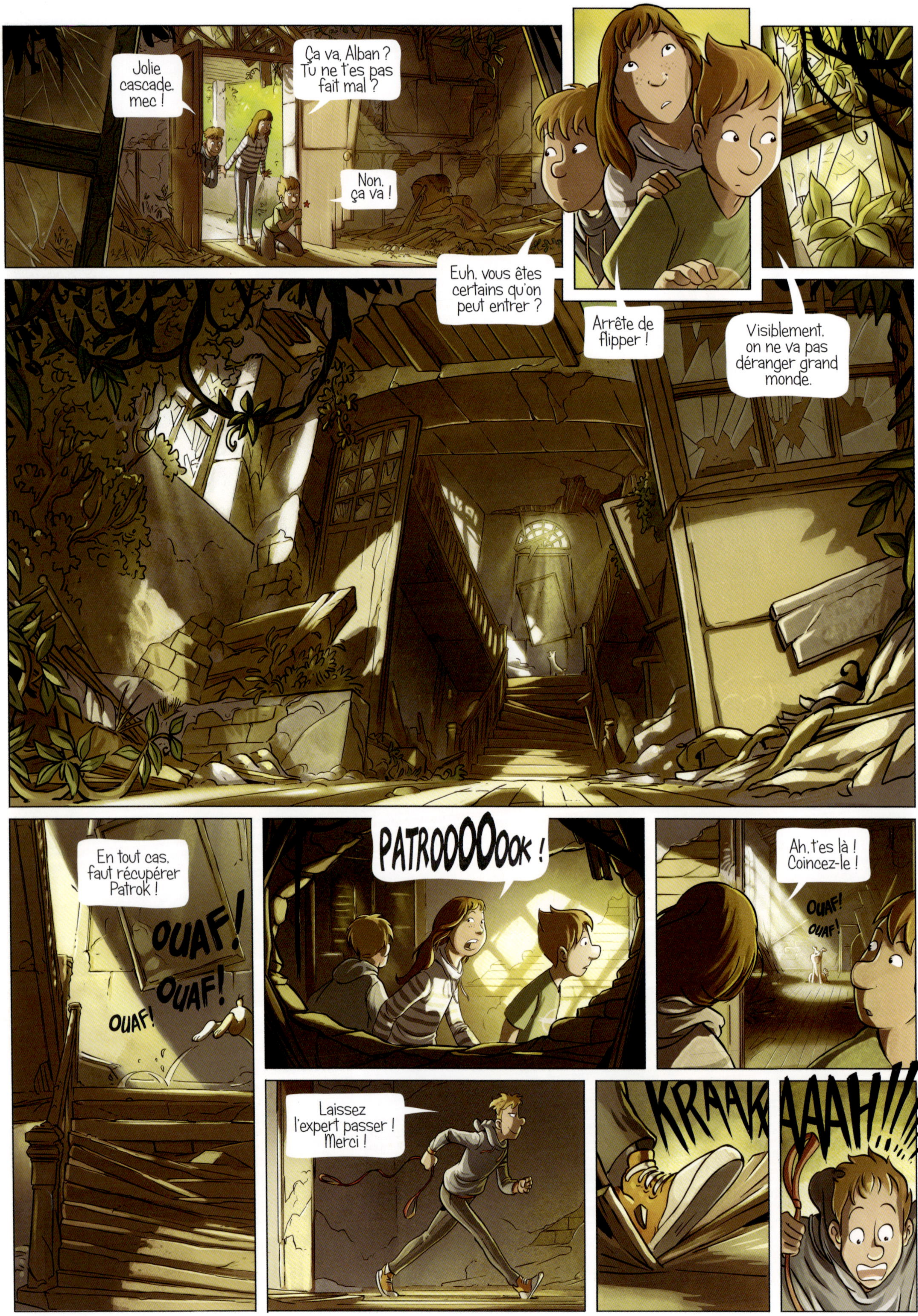
Jolie cascade, mec !
Ça va, Alban ? Tu ne t'es pas fait mal ?
Non, ça va !
Euh, vous êtes certains qu'on peut entrer ?
Arrête de flipper !
Visiblement, on ne va pas déranger grand monde.
En tout cas, faut récupérer Patrok !
OUAF!
OUAF!
OUAF!
PATROOOOOook !
Ah, t'es là ! Coincez-le !
OUAF!
OUAF!
Laissez l'expert passer ! Merci !
KRAAK
AAAH!!!!

KRRKRR
!?
RRRRR
AU SECOURS !
Tiens bon ! On va te sortir de là !
Ta main ! Donne ta main !
HO HISSSSSSSSSE !!!
KLANK
KLANG !!
KLONG
Y a qu'à moi que ça arrive !
Les Biscuits Rou

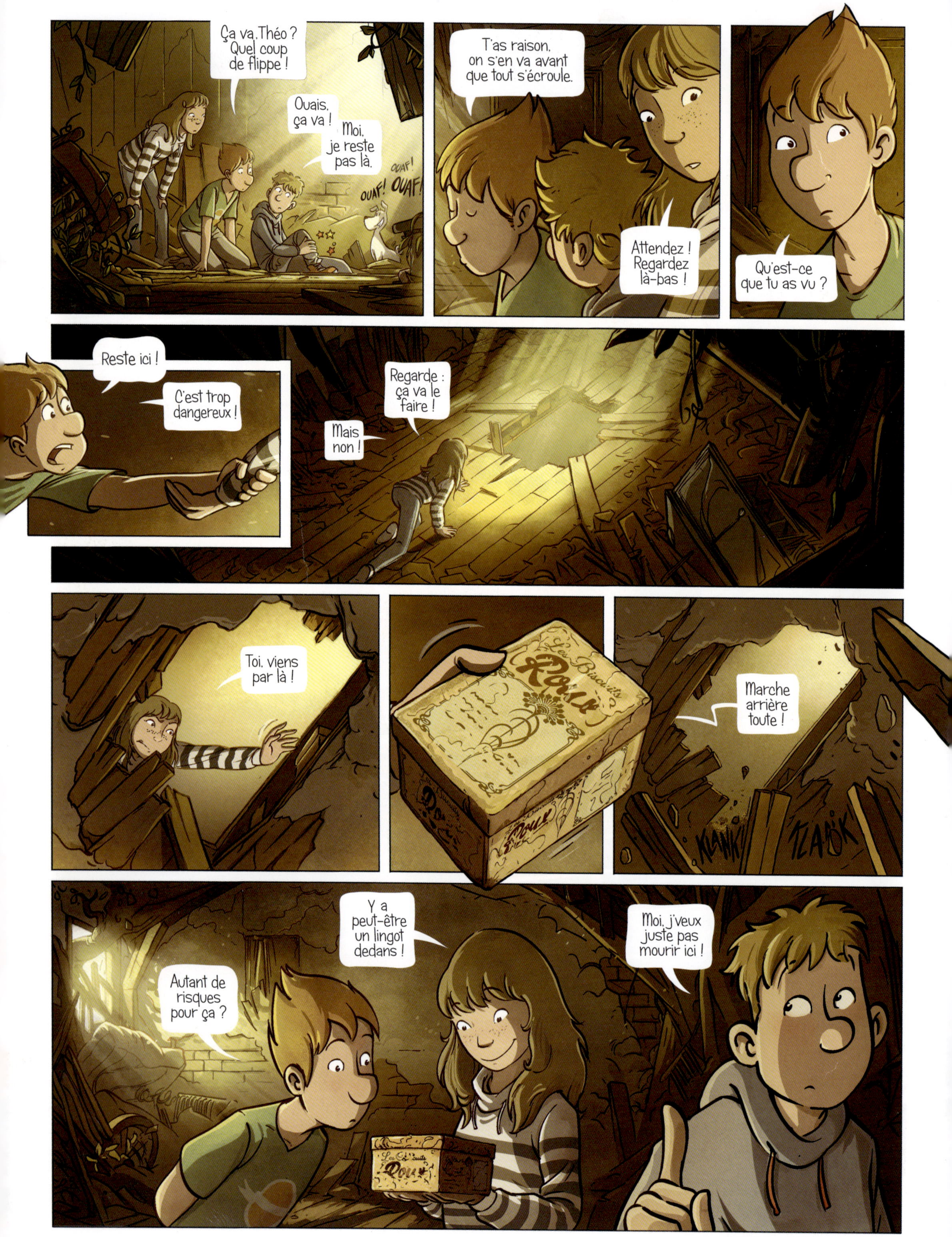

Ça va, Théo ? Quel coup de flippe !
Ouais, ça va !
Moi, je reste pas là.
OUAF! OUAF! OUAF!
T'as raison, on s'en va avant que tout s'écroule.
Attendez ! Regardez là-bas !
Qu'est-ce que tu as vu ?
Reste ici !
C'est trop dangereux !
Mais non !
Regarde : ça va le faire !
Toi, viens par là !
Marche arrière toute !
KLANK
TLAOK
Autant de risques pour ça ?
Y a peut-être un lingot dedans !
Moi, j'veux juste pas mourir ici !

T'as raison, ne traînons pas !
Faites attention où vous mettez les pieds !
PATROK !...
Tu suis, parce qu'on ne viendra pas te rechercher !
OUAF!
OUAF!
OUAF!
OUAF!
OUAF!
OUAF!
OUAF!
OUAF!
Ma jambe ! J'ai trop mal !
?
Allez, Théo. Je vais t'aider.
Toi, maintenant, tu restes attaché, compris ?
OUAF!
OUAF!
OUAF!
OUAF!
Plus jamais je vous suis !
On est mieux dehors !
J'avoue !
OUAF!
Bon alors, qu'est-ce qu'il y a de beau là-dedans ?
CLOC!
CLOC!
CLOC!
CLOC!
Vu le bruit, a priori, pas de lingot ! Peut-être un ticket de loto gagnant ?
Ou des gâteaux...
Périmés... vu l'état de la boîte !

GNNNN!!
TADAMMM!! TTADAMMM! Quel suspense !
Quoi ? Une carte postale ?
TADAMMMMMM...?! Trop naze !
« Ernest chéri, je suis absolument désespérée... »
On dirait une lettre d'amour.
Super !
Hum ! Hum !
«... la directrice de la maison, elle me dit qu'elle sait... »
«... tout de ce que j'ai fait... Après... »
« ... enfin c'est affreux... »
Ce qui est affreux, c'est ma cheville !
Elle est toute bleue !
J'suis pas sûr de pouvoir partir d'ici !
Oui, je crois qu'on est bons pour t'emmener aux urgences !
Allez, viens par là : on va t'aider !
Tania, pourquoi tu nous emmènes toujours dans des trucs spaces ?
Moi ? N'importe quoi ! C'est pas moi, c'est Patrok !
OUAF!

URGENCES
Peu après...
Je ne veux plus que vous y retourniez ! C'est compris ?
C'est trop dangereux. D'ailleurs, le bâtiment doit être rasé !
Oui, Manou ! Promis.
Mais regarde ce qu'on a trouvé !
Une lettre, signée d'une certaine Toinette !
Quelle déclaration d'amour désespérée !
Dis, Manou... Tu crois qu'ils sont encore en vie... Ernest et Toinette ?
Je ne sais pas, ma puce ! Peut-être...
Je sais !...
On va faire des recherches et retrouver Ernest et Toinette !
Heu, c'est une blague ?!
Super ! Trois semaines de plâtre ! Merci Patrok ! Trop bien, les vacances !
Théo !
T'inquiète, on va pas s'ennuyer.
Tania a trouvé de quoi nous occuper !
KLIN
KLIN

Je te l'avais dit !
L'elfe des ténèbres est le plus fort !
BOOM
PFFF !... Tu vas voir avec mon assaut fulgurant !
TZIIIIIIK !
BRAM
TZA ! BOOM !
BLING !
TADAAA !
AHH !!
Manou, tu crois qu'on va arriver à les retrouver ?
Qui sait, avec un peu de chance...
Alors... dans la commune, il y a un Ernest : Ernest Loustalet !
Ce serait quand même extraordinaire qu'il soit LE Ernest de cette carte !
Mais qui sait ?
TAC ! CLAC !
Regarde, il y a un article sur lui quand il a pris sa retraite : il était instit à l'école !
C'est sûr ! C'est lui !
Anniversaire surprise à la résidence du Moulin
Pour ses 80 ans, les employés de la maison de retraite de la résidence du Moulin ont organisé un anniversaire surprise pour monsieur Ernest Loustalet, ancien instituteur de l'école de la ville.
Il est à la résidence du Moulin !
C'est celle qui est derrière la mairie ?
Oui, c'est ça !
Alors je vais le voir !
Sacrée toi ! Tu veux que je t'accompagne ?
Non, je vais y aller à vélo !
Les garçons, vous venez avec moi voir Ernest ?
TADAMM !
Désolé ! Je me dévoue pour garder Théo !
Tant pis pour vous !
KLIK !
BIM !
Dis que je suis un boulet aussi ?!
TZING !

Monsieur Loustalet va être content d'avoir de la visite !
TOC
TOC
TOC
TOC
Ernest, il y a quelqu'un pour vous !
?!
Bonjour !
Bonjour jeune fille.
Excusez-moi de vous déranger...
Nous nous connaissons ?
... Parce qu'il m'arrive de perdre la tête de plus en plus souvent !
Non ! Je m'appelle Tania. Je suis venue parce que j'ai trouvé une carte de Toinette.
Toinette ? Ah, comment va-t-elle ?
Vous connaissez Toinette ?
Oui ! Qu'est-ce qu'elle était mignonne, la Toinette !
Tu vas voir... Attrape-moi l'album photo là-bas !
Photos
Merci ! Alors c'était en quelle année ?
Hum...
Ah, voilà !
En 1961 ! C'est ça !

Sœur Magdalena, veuillez excuser mon audace...
Bonjour monsieur Ernest.
Je vois que l'air de la campagne vous a fait le plus grand bien !
Oui, la convalescence a été difficile mais salvatrice !
Que puis-je pour vous ?
Je venais voir Toinette.
Comment ? Vous n'êtes donc pas au courant ?
Au courant de quoi ?
Que la pauvre petite a succombé à une méningite tuberculeuse !
Noon ! Ce n'est pas possible !
Je suis navrée, mon pauvre Ernest !
Sœur Magdalena !
!
Je dois vous laisser ! Au revoir et mes hommages à votre père.

C'était ma première année dans cette école !
Ici Bruno.
Là c'était Frédéric.
Là Catherine...
Et là...
La voilà, la Toinette !
Ah ? Mais quel âge avait-elle ?
Elle était en CP : elle avait 7 ans !
Et moi... 21 ! Pfffiou, ça nous rajeunit pas !
Elle était... votre élève ?!
Oui, j'étais son instituteur jusqu'à ce qu'elle déménage.
Donc elle n'a pas pu vous écrire cette lettre ?! On l'a trouvée cachée dans l'ancienne école...
J'ai cru qu'elle était à vous !
Ah non ! Cette très belle carte ne m'est pas adressée !
Et je ne connais aucune autre Toinette. Encore moins amoureuse de moi !
Tant pis !
Je ne vous dérange pas plus longtemps !
Oh, c'était un plaisir de faire ta connaissance !
Au revoir Tania !
Au revoir monsieur Loustalet !

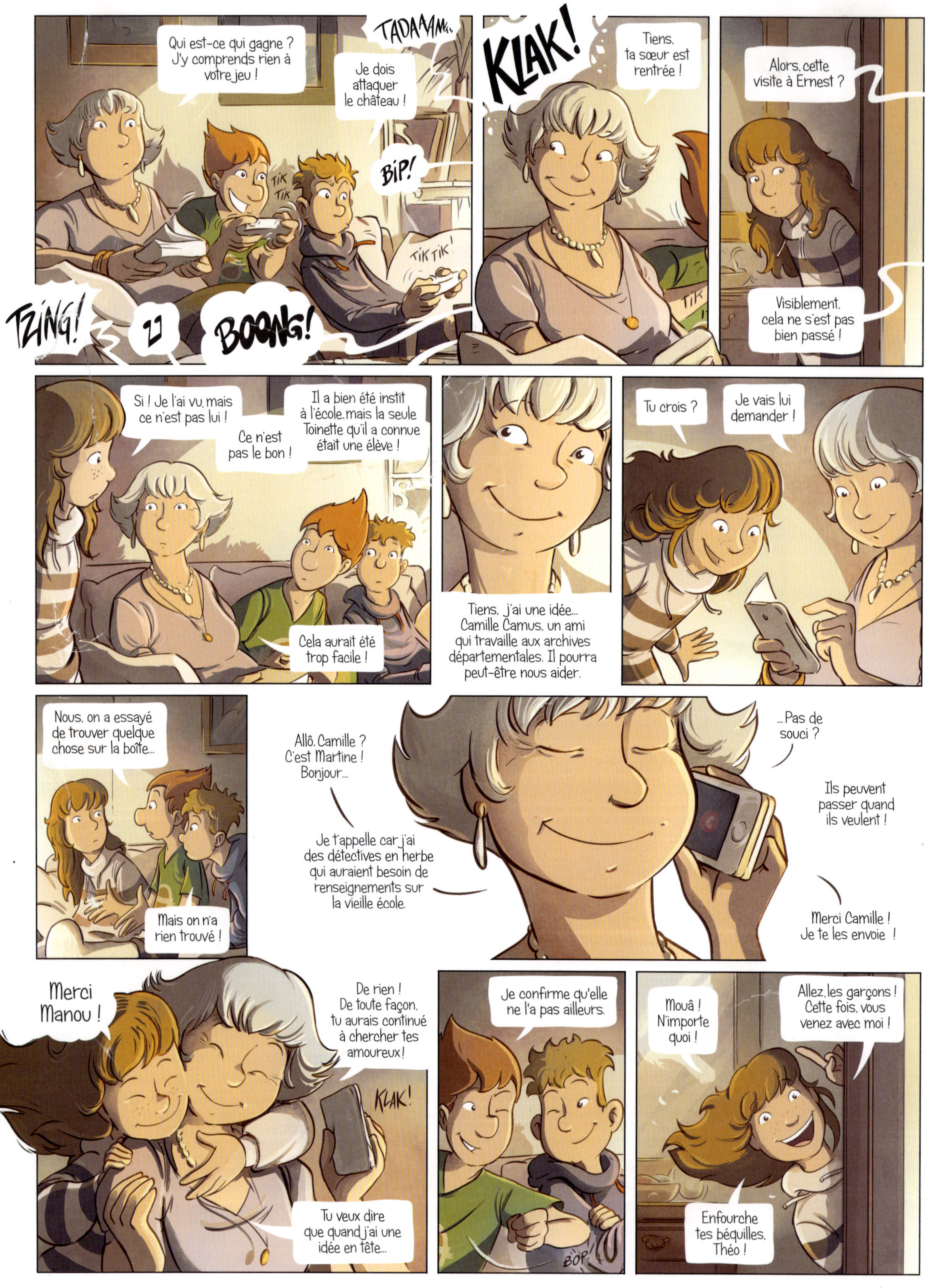
Qui est-ce qui gagne ? J'y comprends rien à votre jeu !
TADAAAAM...
Je dois attaquer le château !
TIK TIK
BIP!
TIK TIK!
TZING!
BOOONG!
KLAK!
Tiens, ta sœur est rentrée !
Alors, cette visite à Ernest ?
Visiblement, cela ne s'est pas bien passé !
Si ! Je l'ai vu, mais ce n'est pas lui !
Ce n'est pas le bon !
Il a bien été instit à l'école, mais la seule Toinette qu'il a connue était une élève !
Cela aurait été trop facile !
Tiens, j'ai une idée... Camille Camus, un ami qui travaille aux archives départementales. Il pourra peut-être nous aider.
Tu crois ?
Je vais lui demander !
Nous, on a essayé de trouver quelque chose sur la boîte...
Mais on n'a rien trouvé !
Allô, Camille ? C'est Martine ! Bonjour...
Je t'appelle car j'ai des détectives en herbe qui auraient besoin de renseignements sur la vieille école.
...Pas de souci ?
Ils peuvent passer quand ils veulent !
Merci Camille ! Je te les envoie !
Merci Manou !
De rien ! De toute façon, tu aurais continué à chercher tes amoureux !
KLAK!
Tu veux dire que quand j'ai une idée en tête...
Je confirme qu'elle ne l'a pas ailleurs.
BOP!
Mouâ ! N'importe quoi !
Allez, les garçons ! Cette fois, vous venez avec moi !
Enfourche tes béquilles, Théo !

ARCHIVES DÉPARTEMENTALES
Ah ah ah, Théo ! Qu'est-ce qu'elles font comme bruit, tes béquilles !
Pff ! m'en parle pas !
VRRR
KLING !
KLANG !
KLING !
Bonjour ! Je suis Camille Camus.
Je vous attendais.
Martine m'a dit que vous cherchiez des informations sur l'ancienne école...
C'est pour un exposé ?
Non, c'est parce qu'on a trouvé ça !
Oh ! Une boîte de biscuits Roux !
Et dedans il y avait cette lettre !
Et ma sœur s'est mis en tête d'en retrouver l'auteur...
D'accord ...
Et son destinataire !
Donc, vous cherchez à identifier Ernest et Toinette ?
Exactement !
!!
Biiiii
Déjà ?

Tout à l'heure, j'ai envoyé la photo de la boîte à mon oncle brocanteur et…
TADAAM! il est parvenu à la dater…
La boîte est un modèle fabriqué entre 1916 et 1918…
Ah ouais quand même… Elle date d'il y a un siècle !
Génial !
ROUX
Les Biscuits Roux
!
Mais peut-être pas votre lettre !!
! !
Elle peut y avoir été placée il y a 10 ans !
M'enfin, Ernest et Toinette, c'est pas très moderne comme prénoms !
Et Théodore, tu trouves ça « djeuns », toi ?!
Alors comment on peut savoir ?
Nous allons faire parler la vieille école !
Suivez-moi !
Mais c'est immense ici !
Chaque rangée contient les archives d'une petite décennie…
… et tout n'est pas là !
C'est comme chercher une aiguille dans une botte de foin…
On va en avoir pour des heures !

Quelqu'un pour m'aider ?
Ah, c'est bien là !
Moi, je peux pas : j'ai les mains prises !
KLING'
KLANG'
Arf... c'est lourd !
OUF ! OUF ! OUF !
Je crois qu'on est bons ! Pose ça là-bas.
Si mes souvenirs sont bons, l'école a été fermée en 1965...
... et avant la guerre de 39-45, c'était le maître d'école qui y habitait.
Quelle mémoire !
Mon grand-père m'y emmenait parfois pour des parties de belote.
C'est ce qu'il me semblait : pendant la guerre 14-18, l'école servait de dispensaire... C'était une antenne de la Croix-Rouge où on s'occupait des blessés. Si on suppose que la lettre a été écrite et cachée dans la maison en 1916-1918...
... on peut aussi supposer que son auteur y travaillait !
On cherche donc un Ernest ou une Toinette qui aurait travaillé au dispensaire...
Pas une mince affaire !
AU BOULOT !

Dépêchez-vous !
AAAA!
AAA
Doucement ! Installez-le à l'intérieur.
AAAAAAAAAH!!
Excusez-moi !
AAA
?
AAAA
AAAAH!
Oui, que puis-je pour vous, mademoiselle ?
Mademoiselle Toinette ! On m'a dit que vous cherchiez des bénévoles.
AAAA
On vous a bien renseignée !
Toutes les bonnes volontés sont les bienvenues !
Vous êtes infirmière ? Vous avez quelques notions médicales ?
J'ai suivi la formation.
Et j'ai l'habitude d'aider à la ferme... avec les vaches !
Je veux vraiment me rendre utile !
Le travail ne m'effraye pas.
Bienvenue au dispensaire !
Suivez-moi, que je vous installe !

J'ai peur que mes archives ne nous révèlent rien de plus !
J'veux pas plomber l'ambiance, mais ça m'étonnerait qu'on retrouve ta Toinette !
Il a raison... Presque n'importe qui aurait pu mettre cette lettre là !
Mais si ! On va trouver !
Attendez !
BIP
J'ai peut-être une idée...
Allô, Claire ?
Tuuut !
Claire Rigaud de l'antenne départementale de la Croix-Rouge va vous recevoir...
Super !
Merci beaucoup, Camille !
Grâce à vous, on a déjà une piste.
Avec plaisir !
On pourrait pas aller manger avant ?
Estomac sur pattes ! Tu penses qu'à te goinfrer !
C'est si rare de voir des jeunes se passionner pour les choses du passé...
Surtout elle !
Vous avez mon numéro... Tenez-moi au courant de l'avancée de vos recherches.
Promis.
Et c'est reparti ! Tu suis, béquilleman ?
Ah ah ! Pff, trop drôle, Alban !
À bientôt !

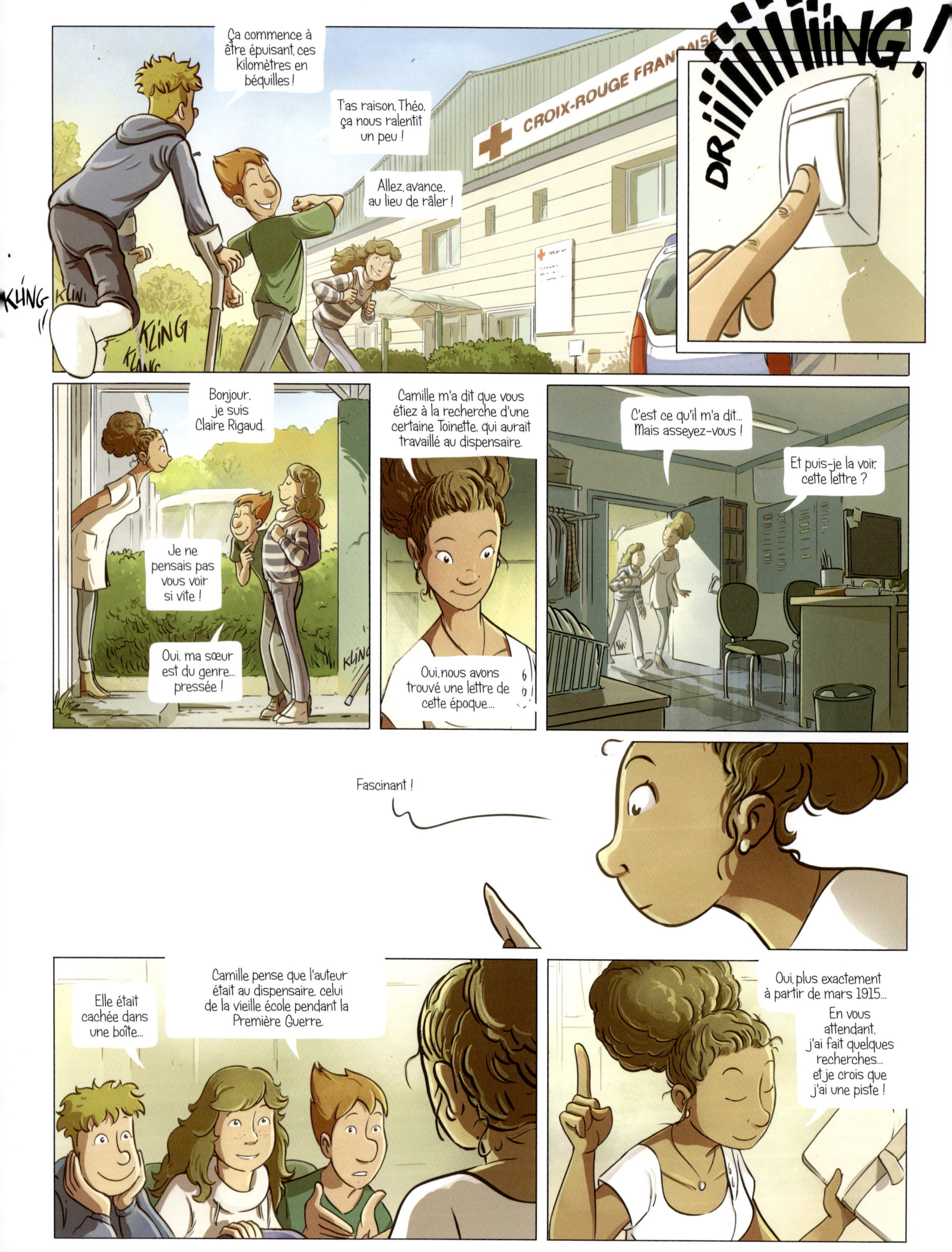
Ça commence à être épuisant, ces kilomètres en béquilles !
T'as raison, Théo, ça nous ralentit un peu !
Allez, avance, au lieu de râler !
KLING KLIN
KLING
KLANG
CROIX-ROUGE FRANÇAISE
DRiiiiiiiiiING !
Bonjour, je suis Claire Rigaud.
Je ne pensais pas vous voir si vite !
Oui, ma sœur est du genre... pressée !
KLING
Camille m'a dit que vous étiez à la recherche d'une certaine Toinette, qui aurait travaillé au dispensaire.
Oui, nous avons trouvé une lettre de cette époque...
C'est ce qu'il m'a dit... Mais asseyez-vous !
Et puis-je la voir, cette lettre ?
Fascinant !
Elle était cachée dans une boîte...
Camille pense que l'auteur était au dispensaire, celui de la vieille école pendant la Première Guerre.
Oui, plus exactement à partir de mars 1915...
En vous attendant, j'ai fait quelques recherches... et je crois que j'ai une piste !

Depuis l'ouverture du dispensaire à la fin de la guerre, plusieurs jeunes filles ont été bénévoles là-bas.
Sous les ordres de la sœur Magdalena...
Toinette serait peut-être une des infirmières ?
Oui, c'est exactement ce que je pense.
Elle a pas l'air commode, la sœur Machin-Chose !
Bon, qui a une tête à s'appeler Toinette ?
Y pouvaient pas mettre les noms en entier au lieu des initiales ?!
Ah ah... heureusement, j'ai aussi trouvé ça !
Le registre du personnel !
Aucun Ernest ?
Non, mais parmi la liste des infirmières... on trouve Odette Hamonet...
Marguerite Lupin, Madeleine Launois...
Pierrette Bauprey, Appoline Dutilleul...
Antoinette Duprés...
Toinette... Antoinette. C'est pareil, non ?
Certainement ! Par la suite, aucune Toinette. Et c'est le seul prénom qui s'en rapproche !
Carrément !
Donc l'une d'elles est notre Toinette ?
C'est ça : on cherche AD !
Yes ! Je l'ai !

Elle est si jeune... et si jolie dans son uniforme !
Il en avait de la chance, le Ernest !
Clair ! J'imagine que la photo ne peut pas sortir des archives ! Je peux la prendre en photo ?
Bien sûr, Tania !
CLIC!
Écoutez ! J'ai trouvé autre chose !
Elle est restée presque 2 ans au dispensaire, jusqu'en juin 1918... et d'après le registre, elle serait née en 1900...
Ce qui fait qu'elle a aujourd'hui...
118 ans !
Désolé, Tania, mais je crois qu'il faut se rendre à l'évidence !
Ouais, je sais... Toinette doit être décédée depuis longtemps !

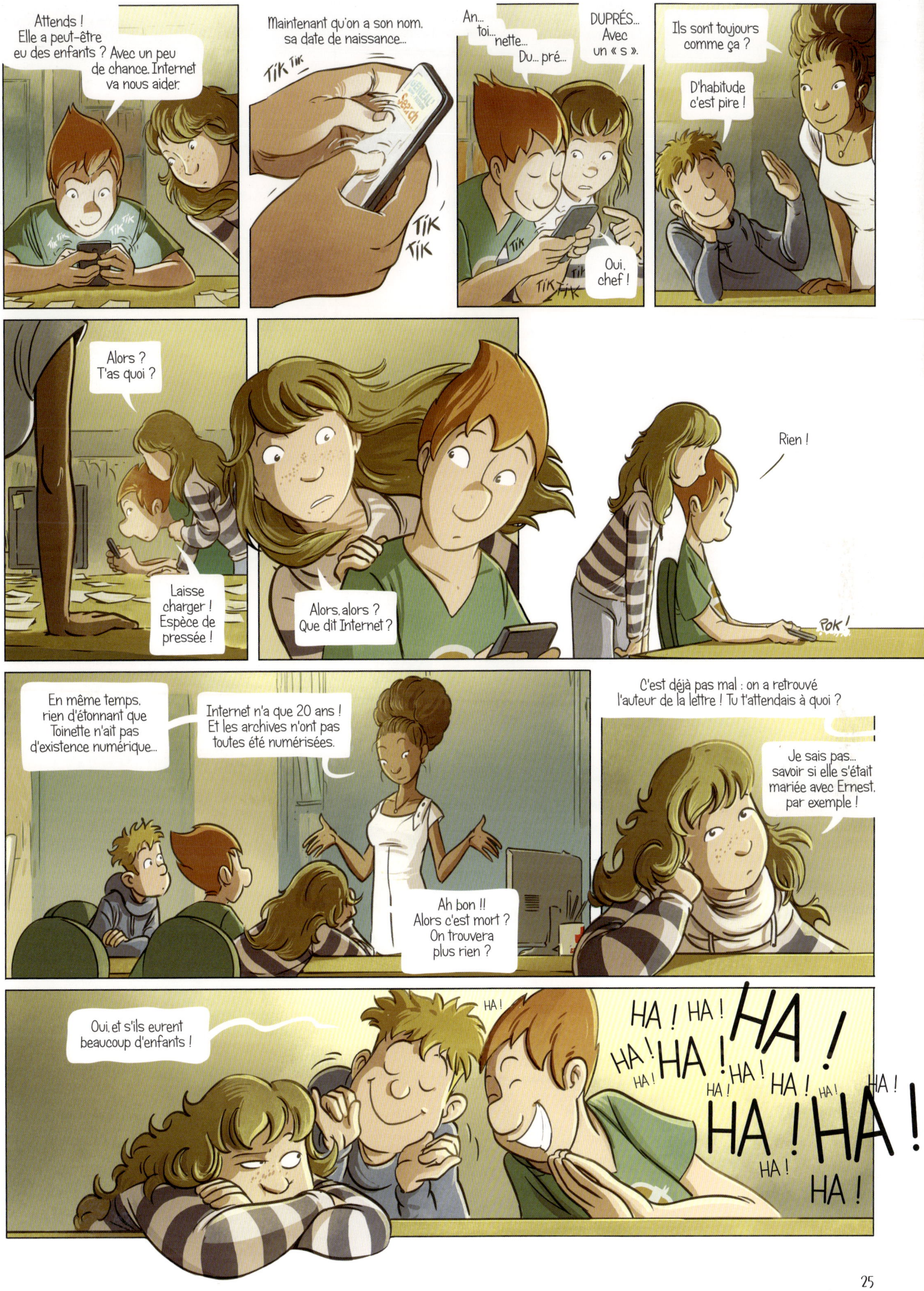
Attends ! Elle a peut-être eu des enfants ? Avec un peu de chance, Internet va nous aider.
TIK TIK
Maintenant qu'on a son nom, sa date de naissance…
TIK TIK
TIK TIK
An… toi… nette… Du… pré…
DUPRÉS… Avec un « s ».
Oui, chef !
TIK TIK
Ils sont toujours comme ça ?
D'habitude c'est pire !
Alors ? T'as quoi ?
Laisse charger ! Espèce de pressée !
Alors, alors ? Que dit Internet ?
Rien !
POK !
En même temps, rien d'étonnant que Toinette n'ait pas d'existence numérique…
Internet n'a que 20 ans ! Et les archives n'ont pas toutes été numérisées.
Ah bon !! Alors c'est mort ? On trouvera plus rien ?
C'est déjà pas mal : on a retrouvé l'auteur de la lettre ! Tu t'attendais à quoi ?
Je sais pas… savoir si elle s'était mariée avec Ernest, par exemple !
Oui, et s'ils eurent beaucoup d'enfants !
HA !
HA ! HA ! HA ! HA ! HA ! HA ! HA ! HA ! HA ! HA ! HA ! HA ! HA ! HA ! HA ! HA !

Ne te moque pas !
On va trouver ce qu'est devenue Toinette.
Je vous le dis !
T'es marrante, Tania, mais on fait comment ? Y a rien du tout sur le Net...
Eh ben, les enfants, on faisait comment avant...
Sans Internet ?
...
Heu...
On faisait pas !
Si, si... mais on faisait différemment !
Et encore aujourd'hui, les recherches en généalogie se font sur le terrain !
Vous connaissez les mormons ?
C'est qui ça les mormons ?
Ils ont numérisé les actes d'état civil et tout un tas de documents à travers le monde.
Ils ont une gigantesque base de données conservée dans un bunker souterrain à Salt Lake City !
Aux États-Unis ? Ça fait un peu loin, non ?
Ah ah ! Oui, mais y aura pas besoin d'y aller... on utilisera Internet !
Je comprends plus rien ! Avec Internet ou sans ?
Avec... dès que les mormons auront tout microfilmé... Et chez nous, ce n'est pas encore le cas !
CROIX-ROUGE F
Concrètement, on fait quoi ?
On appelle Camille pour savoir s'il peut faire des recherches !
Manou a une copine à l'état civil et avec les infos que nous avons, il faut chercher de ce côté.
Merci Claire !
KLING!
KLING

Oh, vous êtes les petits-enfants de Martine... Je fais du yoga avec votre Manou.
Vous cherchez des informations sur une certaine Antoinette Duprés, c'est cela ?
Oui, madame !
Avez-vous sa date de naissance ?
Elle est née sur la commune ?
Nous pensons qu'elle était bénévole à l'ancien dispensaire...
Pour sa date de naissance, on pense qu'elle avait 18-20 ans en 1918.
Désolé, mais on ne sait pas exactement quand !
D'accord. Comme l'acte de naissance a été rédigé il y a plus de 75 ans, vous pourrez le consulter !
Il me faut donc le registre de 1900 à 1910.
F-L 1890-1895
Ah ! le voici !
A-E 1900-1910
F-L 1890-1895
Alors... alors...
Vous m'avez dit : Antoinette Duprés.
... Hum !
Autrefois, l'officier d'état civil écrivait tout à la main... C'est beau mais pas toujours très lisible !
Ah, ça y est ! Je crois que j'ai trouvé.
Vous avez de la chance qu'elle soit bien née sur la commune !
Sinon je n'aurais rien trouvé !
Antoinette Duprés, née le 28 janvier 1900...
Et mariée le 15 septembre 1918...
Cool ! Elle s'est mariée avec Ernest !

Que tu es belle, Toinette !
Tout va bien se passer.
Ne pleure pas, ma douce Toinette...
Ne t'inquiète pas...
Personne ne verra ton ventre arrondi...
Sèche tes larmes !
Tu es la plus belle des mariées...
Oublie ton Ernest ! Il en a choisi une autre.
Et je suis certaine que Paul sera un bon mari...

Quoi ? Elle n'a pas épousé Ernest ?!
Trop nul !
Effectivement, elle s'est mariée avec un certain Paul Laborde !
Et comme vous vous en doutiez, elle est décédée...
Il y a déjà 18 ans.
Elle aura quand même eu une belle vie ! Elle a été centenaire !!
Et on sait si elle a eu des enfants ?
Il n'y a rien d'inscrit sur l'acte de naissance ! Mais...
... comme elle est décédée sur la commune... ces informations peuvent être sur l'acte de décès.
Ainsi que le nom du notaire en charge de la succession. Il devrait pouvoir vous renseigner.
Voilà ! Le notaire est maître Brieu !
Désolée, mais je ne peux rien faire de plus pour vous !
Merci pour votre aide. On va le trouver.
Passez le bonjour à Martine de ma part !
Je peux faire une photo ?
Oui, pas de problème !
Acte de notoriété établi le 30 octobre 2009
par Maître Jean-Luc BRIEU
Mention apposée le 20 novembre 2009
Le maire, Marie Parra
Eh, attendez-moi, j'ai qu'une patte !
Ah ah, tu te débrouilles comme un chef !
Peut-être que Manou pourrait l'appeler ?

Allô, Maître Brieu !
Merci d'avoir rappelé aussi vite, Maître...
Oui, c'est vrai, Tania sait se montrer convaincante !
Rue Pierre Saumard.
C'est noté. Encore un grand merci.
Au revoir Maître.
Alors, alors, alooOOors ?
BIP !
Toinette a eu des enfants ou pas ?
Je vous parie qu'elle en a eu 4 !
Et pourquoi 4 ?
Comme les mousquetaires !
N'importe quoi ! T'es certain que t'abuses pas trop des cachets, toi ?
Arrêtez de faire les idiots et laissez Manou raconter !
Alors Toinette n'a eu qu'un seul fils né en 1919... Malheureusement décédé et sans descendance !
NOOOOOON !
Et voilà, fin de l'enquête !
Mais...
Raaaah, mais quoi ???!
Respire, Tania !
Manou, la reine du suspense !
Toinette a une nièce qui habite à deux pas d'ici !
Je vous y dépose en allant chez le dentiste si vous voulez.
C'est parti !

Nous voici rue Pierre Saumard.
Ouvrez l'œil : on cherche le 52 !
52
Je vous envoie un SMS quand j'ai fini...! Et pas d'acrobaties, promis ?!
DING DONG
On dirait qu'il n'y a personne.
Pourtant les volets sont ouverts !
J'vais voir !
Jamais elle lâche l'affaire ?!
Elle ?
Jamais !
Youhou ! Y a quelqu'un ?
TAC! TAC!
Tu vois, Tania... Allez, partons !
Tant pis !
CLIC! CLAC!
!!

Bonjour les enfants. Vous cherchez quelque chose ?
Oui, madame. Nous cherchons une disparue...
Une disparue ?
Antoinette Duprés !
KLINK KLIN
Heu... Laborde !
Antoinette ? C'était ma tante !
Attendez !
Cette Antoinette-là ?!
Oui ! Mais oui ! On dirait ma tante quand elle était jeune !
Entrez ! Vous allez me raconter tout cela !
Au fait, je m'appelle Marie...
Moi, c'est Théo !
Moi, c'est Alban.
Et ma sœur Tania...
Je viens de faire un moelleux au chocolat. Vous en voulez un morceau ?
Mmmh ! J'adore le gâteau au chocolat !
Théo le glouton !

Alors, dites-moi tout !
La version longue... ou la courte ?
Vous savez, à mon âge, on a tout son temps !
Alors voilà, tout a commencé quand Patrok, notre chien...
... et on a trouvé cette lettre cachée dans une boîte...
Une lettre ? Quel rapport avec ce vieux cliché ?
On pense qu'elle a été écrite par Toinette Duprés.
Donc c'est une lettre de votre tante !
Voyons voir ! Hum... Oui ! C'est bien son écriture !
« Ernest chéri »...
Ernest ?... Mais qui est cet Ernest ?
En fait, on comptait sur vous pour nous le dire !

Toinette n'a pas eu un amoureux qui s'appelait Ernest ?
Tu sais, Tania, à cette époque, on ne fréquentait pas comme aujourd'hui !
Mais alors, qui est cet Ernest ?
Je suis désolée mais je n'en ai aucune idée !
Une chose est sûre, par contre : Toinette aimait Ernest !
« Mon amour aimé, viens me secourir, je te le demande de tout mon cœur... »
Effectivement, elle en était très éprise !
« Je suis comme un corps sans âme. Parce que tu n'es pas là. »
20/20 ! Tu la connais par cœur !
Ouais, ma sœur est une grande romantique !
J'étais très proche de ma tante... C'est quand même fou qu'elle n'en ait jamais parlé.
Il n'y a pas de date dans cette lettre ?
On pense qu'elle serait datée de 1916, 1918...
Mais ça ne semble pas coller, car Toinette s'est mariée en septembre 1918, c'est bien ça ?
Oui, c'est ça, Théo...
Étrange !... Elle aurait donc rencontré Paul juste après ?
Mais pourtant je croyais qu'ils s'étaient fréquentés bien avant de se marier...
On ne saura sans doute jamais !
Excusez-moi, Marie, vous auriez une photo de Paul et Toinette ?
Oui, je dois avoir ça ! Il y a encore plein de vieux souvenirs de ma tante ici...

Quelle curieuse !
Non, pas de souci ! C'était la maison d'Antoinette, et je n'ai rien changé !
Et cela fait longtemps que je dis que je dois trier tout cela !
La voici !
Alors... voyons voir... Ah ! Voici Paul, mon oncle !
Et ça, qui c'est ?
Mais oui, c'est Gustave, mon cousin !
Mais je n'en ai que de vieux souvenirs : il est mort durant la Seconde Guerre !
Et Paul ?
Paul ?... Lui est décédé dans un accident de voiture dans les années 80.
Et qu'y a-t-il dans ce vieil album ?
Là, c'est Toinette et sa sœur Jeanne... Ma chère mam...
?
KRAK !!
Qu'est-ce que c'est ?
Aucune idée !

On dirait un journal intime !
Oh, mon Dieu, sœur Magdalena m'a renvoyée du dispensaire...
Tu es si loin, mon amour ! Que dois-je faire ?
Heureusement j'ai l'épaule réconfortante de ma Jeanne pour pleurer... et confier mon trop lourd secret !
Suivant ses précieux conseils, je suis venue te dire que j'attendais notre enfant...
Mais quelle douleur de te voir au bras d'une autre !
Moi qui croyais notre amour éternel...
J'ai rebroussé chemin pour te rendre ta liberté.

Jeanne s'est occupée de tout. Elle a veillé sur moi, sur nous avant que l'honneur de la famille ne soit pointé du doigt...
En ce jour, j'épouse un autre que toi. C'était écrit ainsi...
Sois sûr, Ernest chéri, jamais tu ne quitteras ma vie ni mon cœur meurtri.
Gustave a tes yeux et ton sourire...
Je continue à t'aimer à travers lui aujourd'hui et pour l'éternité...
Non ! Mon cousin Gustave était le fils d'Ernest ?!
Oups !
Y a un squelette dans le placard !

Tenez, Marie, un peu d'eau, et désolée de remuer tous ces souvenirs comme ça !
Ne le soyez pas ! Grâce à vous, je découvre qui était vraiment ma tante... Dire que je ne me suis jamais doutée de rien pour Gustave !
Le secret était bien gardé !
Snif !
Snif !
!?
Marie, vous ne trouvez pas qu'il y a comme une odeur de cramé ?
Oh, mon Dieu, avec toutes ces émotions j'ai oublié mon gâteau !
Heureusement que tu as du nez, Théo !
De l'estomac surtout !
Pfff ! N'importe quoi !
Sauvé juste à temps !...
Allez, ces vieux souvenirs ne vont pas s'envoler... Et manger va nous faire du bien !
Ça sent boooon !
Tania... youhou ! Tu reviens avec nous ?
CRUNCH!
C'est juste que...
Tout ça est tellement triste...
Oui, quel gâchis ! Mais il y a un siècle, on n'aimait pas qui on voulait !
Et malheureusement, les guerres ont brisé bien des vies !

Gustave aussi est une victime de la guerre ?
Comme tant d'autres, oui ! Mais il est mort en héros.
Il était dans la Résistance ?
Oui, il a sauvé tellement de vies que finalement sa mort n'a pas été vaine.
Allez, bon appétit !
Miam ! Grumpf !
Huuum... Votre gâteau est une tuerie !
CCHOCOLAAA
CROC !
Il en faut peu pour être heureux ! Vraiment très peu pour être heureux Chassez de votre esprit tous vos soucis
Tant que Théo mange, le reste du monde peut s'écrouler !
Il a raison ! Manger est un des bonheurs simples de la vie !
Miamm
Cruntch ! Tout à... miam... fait !
En tout cas, même si c'est étrange de découvrir un tel secret... merci à vous d'avoir trouvé cette lettre !
C'est arrivé un peu par hasard, mais difficile d'y être insensible !
Tout ça, c'est un peu grâce à moi... Au péril de ma vie !
Exactement !
Au péril de ta cheville, tu veux dire !
Prochaine étape...
... retrouver Ernest !
Mais bien sûr !
Cela semble compromis ! Vous ne savez rien de cet Ernest...
Sûr qu'il y a des infos dans le journal de Toinette !

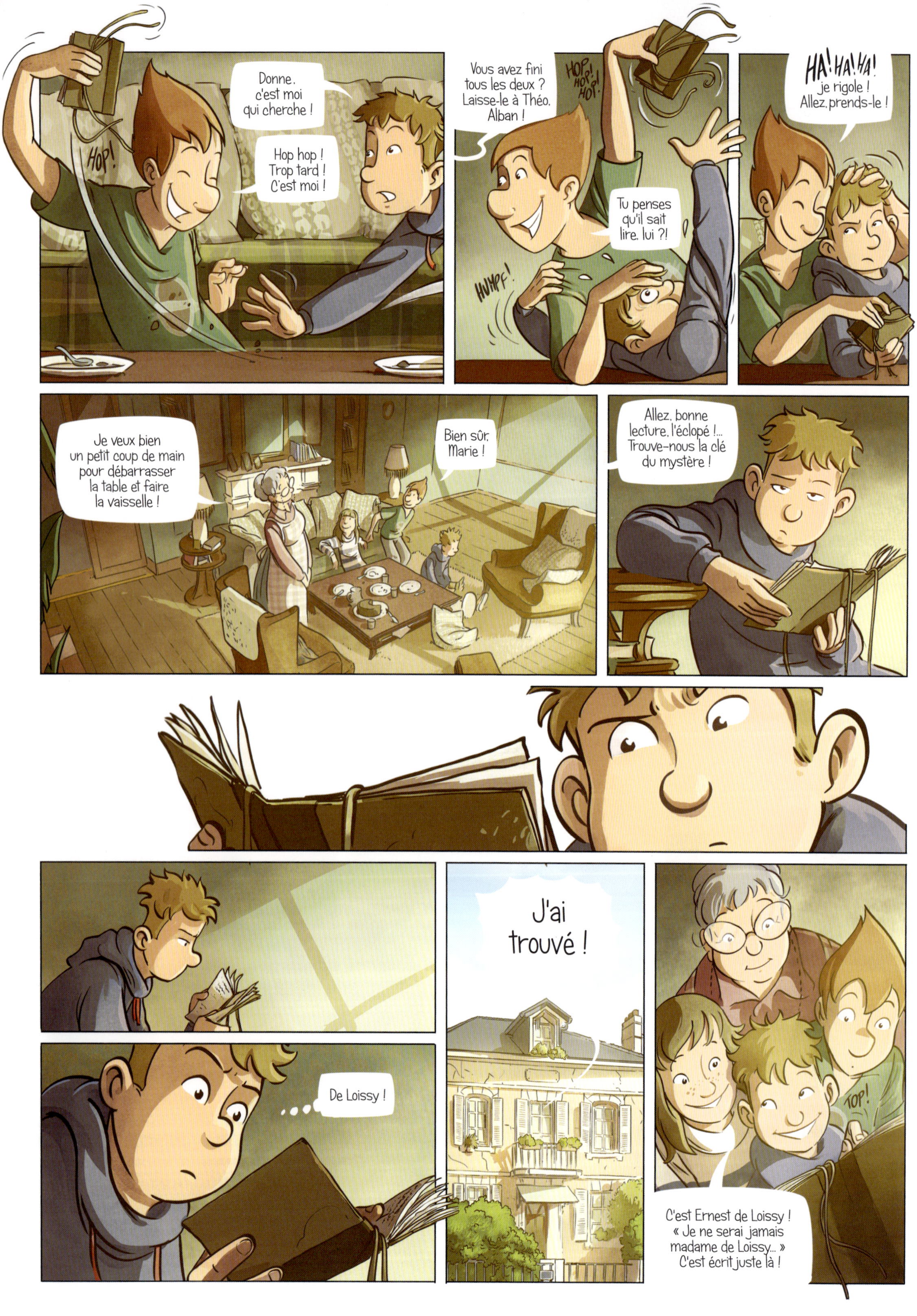
Donne, c'est moi qui cherche !
Hop hop ! Trop tard ! C'est moi !
HOP !
Vous avez fini tous les deux ? Laisse-le à Théo, Alban !
HOP ! HOP ! HOP !
Tu penses qu'il sait lire, lui ?!
HUMPF !
HA ! HA ! HA ! je rigole ! Allez, prends-le !
Je veux bien un petit coup de main pour débarrasser la table et faire la vaisselle !
Bien sûr, Marie !
Allez, bonne lecture, l'éclopé !... Trouve-nous la clé du mystère !
De Loissy !
J'ai trouvé !
TOP !
C'est Ernest de Loissy ! « Je ne serai jamais madame de Loissy... » C'est écrit juste là !

Je ne serai jamais madame de Loissy. Je n'habiterai jamais à tes côtés...
J'aurais aimé être ta Madeleine, mais la vie en a voulu autrement.
Ô Ernest, mon tendre amour, que vais-je dire à notre enfant ?
Et que vais-je devenir sans toi ?...
Ernest de Loissy ! Nous avons son nom.
Notre enquête peut reprendre !
Vous êtes incroyables ! de vrais détectives !
Si vous le permettez, j'aimerais aussi chercher Ernest...
L'amoureux de ma tante...
Rien qu'en le disant, ça me fait tout drôle !
Bien sûr !
On peut compter sur Camille et ses archives !
Sur Claire de la Croix-Rouge !
Et sur Internet !
Avec ça, si on ne trouve pas Ernest !
?!
BILIIIIIP!
Désolé, Marie, mais il faut qu'on rentre ! C'est Manou... Elle sort de chez le dentiste et arrive dans dix minutes.
Marie, voici mon numéro.
Je vous propose de se retrouver aux archives départementales.
Parfait. Zouh ! Sauvez-vous ! On ne fait pas attendre sa grand-mère !
Rentrez bien, les enfants, et à très vite !
Encore merci pour le gâteau !
Au revoir !
KLING KLANG!

Quelques jours plus tard...
Nom d'un petit bonhomme ! J'avais oublié à quel point c'était gigantesque ici !
Oui, Marie.
Et c'est Camille qui veille sur tout ça !
ARCHIVES DEPARTEMENTALES
Un peu comme un gardien des souvenirs !
C'est joliment dit ! Mais je ne suis pas seul, j'ai de précieux alliés...
Alors on va dire que tu es le chef !
En tout cas, vous faites une sacrée équipe, tous les quatre !
J'ai installé une table par ici ! Et j'ai sorti tous les dossiers mentionnant le nom de Loissy.
Ouh là là ! Y en a pas qu'un peu !
...
Par quoi on commence ?
Il faudrait vérifier le possible lien de parenté avec Ernest de Loissy ! Je vous propose de faire deux groupes : Tania, Marie et moi faisons les recherches généalogiques...
... pendant que Théo et Alban contacteront par téléphone les potentiels descendants.
Les garçons, je vous ai déjà préparé la liste des de Loissy de la région... Il ne vous reste plus qu'à chercher leurs coordonnées téléphoniques.
Passer des appels, assis sur une chaise... moi, ça me va !
Allez... Ordre et méthode !
Je prends ce dossier-là...
Et moi celui-ci !
Manou passera avec le déjeuner...
Arrête de ne penser qu'à manger et va sur le site des Pages jaunes !
Cherche-moi Jules de Loissy...

14:10
15:20
16:30
Camille… ici j'ai le dossier d'un lieutenant Jean Bernard Marie de Loisy avec un seul « s »…
Tu veux quand même que je vérifie ?
Oui, car certains officiers de l'état civil pouvaient parfois mal orthographier des noms… Ce qui explique certaines variantes orthographiques.
Haaaa… je crois que j'ai quelque chose !
Pierre de Loissy. Fils d'Ernest de Loissy !
Voyons un peu ça… l'acte de naissance indique qu'il est né en 1920 !
Ce n'est pas notre Ernest !
Loupé !
C'est pas grave… On va bien finir par le trouver !…
Cherchons !
Allô ?… Oui… Bonjour, je fais des recherches généalogiques… Je cherche un Ernest de Loissy qui aurait vécu à la même adresse que vous…
Ah, c'était le propriétaire de l'immeuble…
C'est lui ?
Laisse-le finir sa conversation, Tania !
Sa date de naissance, demande sa date de naissance !
Ha ha ha ! Aussi impatientes l'une que l'autre !
Ernest de Loissy est mort il y a 20 ans !?…
Mes condoléances…
Vous n'êtes pas son héritière…
Pas de famille, vous en êtes certaine ?
Ah ! il ne s'appelait pas Ernest mais Herbert ?!
D'accord ! Excusez-moi de vous avoir dérangée ! Merci madame… Bonne journée !
En fait, j'y ai cru une seconde. Mais il s'agissait d'un Herbert et non d'un Ernest… Je suis désolé, Marie.
Voilà, retour case départ !
C'était peut-être écrit que l'on ne trouverait pas !
Bip !
Il nous reste encore 3 dossiers !
Allez ! on continue ! Après toutes ces aventures, on doit continuer ! Pour Toinette, Ernest et Marie !

Quelque temps après...
CROCK !
CRUUUNCH
On avait besoin de reprendre des forces, Manou. merciiiiii !
MIIAMMM
HUUUUM
SLURP
CROC ! CROK !
SLUUU
Oui, merci Martine pour ce pique-nique !
Votre grand-père !?
!!
Hiiiiiiiiiii !!
?
Oh ! c'est un miracle !
Ne t'emballe pas, sœurette !
KLONK !
Dans une demi-heure ?... Avec plaisir, oui ! Les enfants vont être ravis.
C'est notre Ernest ? On a retrouvé sa trace ? Il est où ?
Raconte-nous, Marie !
HA ! HA ! HA ! HA !
Tania, sors de ce corps !
Je viens de parler à Benjamin de Loissy, le petit-fils d'Ernest. Les dates correspondent et il m'a confirmé que son grand-père était passé par le dispensaire pendant la guerre.
Benjamin a hâte de découvrir la lettre.
Martine, est-ce que vous m'autorisez à prendre les enfants avec moi ?
Bien sûr que oui, Marie !
Rassurez-moi, on y va en voiture ?
Dire qu'on a failli laisser tomber !
Comme quoi, qui cherche trouve !
Génial !
Vite, vite ! On y va !

Quelle chance d'avoir retrouvé Benjamin !
Oui, c'est incroyable !
Bravo à tous pour votre persévérance !
J'ai du mal à réaliser : je vais rencontrer... mon petit-cousin ?
Enfin presque !
Bon, on y va ? Parce que Benjamin nous attend !
Tu as raison, Tania ! En voiture !
Quel âge il a ? Il a des enfants ? Il fait quoi ? Il a connu Toinette ?
KLAK !
Je n'en sais rien ! Je ne l'ai eu que 5 minutes au téléphone. Et je ne me suis pas étendue : j'ai juste parlé de la lettre !
Si ça se trouve, il est au courant de rien !
C'est pour cela qu'on va y aller doucement : je n'ai aucune idée de ce que son grand-père lui a dit !
Faut lui dire la vérité, non ?
Il est le dernier de Loissy et il a le droit de savoir...
... mais ça risque de lui faire un choc !
Alors, on te laisse lui parler, Marie !

Famille de Loissy
10
STOP PUB
Là, on est arrivés !
On voit d'abord comment il est, d'accord ?
Comme vous êtes de la même famille, il ne peut être que bien !
Ah ah ! Théo a raison !
DING! DING!
Bonjour... Attendez ! je vous ouvre !
Benjamin de Loissy... Et vous êtes Marie ?
Exactement. Et voici Alban, Tania et Théo... Ce sont eux qui ont découvert la lettre dont je vous parlais au téléphone !
MI!?
Oui, cachée sous le parquet d'une ancienne école !
Entrez et faites comme chez vous ! J'ai hâte de tout savoir de cette mystérieuse lettre !
Alors la voilà, la fameuse lettre !
Elle a été écrite par ma tante Antoinette à votre grand-père Ernest !
Vous en êtes sûrs ? Parce qu'il doit exister de nombreux Ernest !
Oui, nous en sommes certains !
Donc Antoinette était amoureuse de mon grand-père ?
Oui, je crois que ma tante et lui étaient très épris !
Très amoureux, vous dites ? Alors pourquoi ne se sont-ils pas mariés ?
Il semble que la guerre les ait séparés.
Oui ! c'est trop triste !

Après votre appel, j'ai ressorti mon album de jeunesse !
Mon grand-père Ernest !
Moi dans les bras de mon père !
Ma grand-mère Madeleine !
Ma mère !
Et juste là, mon oncle Gustave avec sa femme Irène !
Votre oncle Gustave ?
Pas possible !
Comment ça « pas possible » ?
Oui... mon oncle Gustave... Pourquoi ?
Parce que...
... mon cousin...
... le fils d'Antoinette...
... s'appelait lui aussi GUSTAVE !
Effectivement ! Quelle coïncidence !
Non, je ne pense pas que cela soit une coïncidence !
Comment ça ?
Je suis perdu ! Éclairez-moi.

Bien... je me lance...
VOTRE grand-père Ernest et MA tante Toinette ont eu une aventure alors qu'Ernest était soigné au dispensaire...
Et MON oncle et VOTRE cousin ne feraient qu'un ?
Je ne comprends plus rien !
RRRRRRRRRRR
Tout est écrit dans ce carnet ! MA tante explique qu'elle est tombée enceinte et a été renvoyée.
La sœur Magdalena sait juste que Toinette a eu une aventure avec Ernest.
Apparemment votre grand-père n'en a jamais rien su !
Mon grand-père a eu un autre enfant... appelé lui aussi GUSTAVE ?
Oui, ils s'étaient fait une promesse d'amoureux...
... appeler leur fils Gustave !
Donc si MON grand-père et VOTRE tante ont eu un enfant... nous sommes...
Un peu de la même famille !
Mon cousin était votre oncle !
Vous avez eu deux oncles qui s'appelaient Gustave !
Un truc de ouf quand même !
Tout ça grâce à Patrok ?!
Patrok ?? Qui c'est celui-là, maintenant ?
Je crois qu'il faut que vous repreniez tout depuis le début...
Mais avant, j'ai besoin d'un café et d'un p'tit remontant.
MI!?
Marie !?
Volontiers, merci !

Mon grand-père Ernest n'a jamais su qu'il avait un fils avec Toinette !
KLING
KLING
KLING !
Mi! Mi!!
Mi!!
Quel choc !
KLING !
Je sais, c'est fou ! Il aurait peut-être mieux valu que l'on ne découvre jamais cette lettre !
Non, non, c'est étrange mais c'est très bien !
Mi!
Je suis content de connaître la vérité sur le passé de NOTRE famille...
Oui, grâce à vous, me voilà avec une nouvelle tante !
Oui ! une famille agrandie !
Et quelle tante !
Une sacrée pâtissière... N'est-ce pas, Théo ?
Je confirme !
En tout cas, Ernest était beau !
Oui. En uniforme, il avait fière allure !
Grave !
D'ailleurs, je dois toujours avoir une malle au garage avec de vieux uniformes de mon grand-père...
Quand mon grand-père est décédé, je faisais du théâtre... J'ai donc hérité de ses tenues militaires ! Mais je ne m'en suis jamais servi !
À dire vrai, je ne sais pas exactement ce qu'il y a dedans !
Si vous voulez les voir, la malle est au garage ! Allez-y fouiller. Nous restons là à papoter !
Ah OUAIS ? SÉRIEUX ?
Elle réagit toujours au quart de tour comme ça ?
Holà, vous pouvez pas imaginer !
KLING

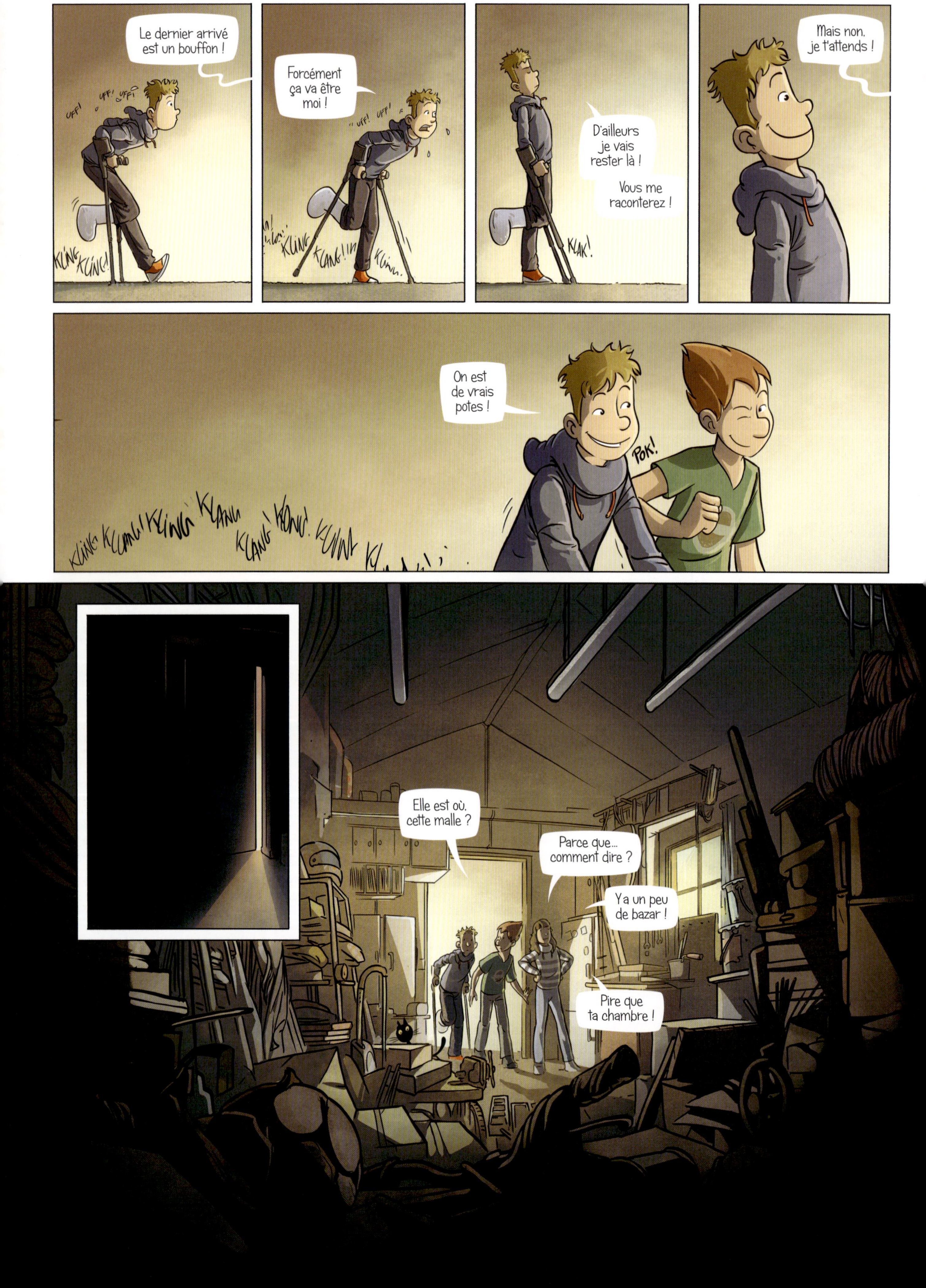
Le dernier arrivé est un bouffon !
UFF! UFF! UFF!
KLING KLING!
Forcément ça va être moi !
UFF! UFF!
KLANG!
KLAK!
D'ailleurs je vais rester là !
Vous me raconterez !
Mais non, je t'attends !
On est de vrais potes !
POK!
Elle est où, cette malle ?
Parce que... comment dire ?
Y a un peu de bazar !
Pire que ta chambre !

Elle n'est pas ici !
Ni là !
Ce ne serait pas ça ?
LÀ ! JE L'AI TROUVÉE !
KLONK
Waouh, trop classe !
Alors, qu'est-ce qu'il y a de beau là-dedans ?!
J'suis pas beau comme ça ?
La vache ! Mate l'engin !
Haut les mains !
Alban... Fais gaffe ! Il est peut-être charg...
?
Qu'est-ce que c'est que ça ?
On dirait des lettres !
Nooon ! j'y crois pas !

Ma Toinette adorée,
Ta perte m'est insupportable
et seules ces lettres me donnent
l'impression d'être encore
auprès de toi...

Le jour où la directrice
m'a appris ta mort,
j'ai cru mourir...

J'aurais voulu
mourir...

Je t'aurais voulue à mon bras,
mais la vie a préféré que ce soit
une autre.
J'épouse Madeleine selon
les volontés de mon père.

Oh, mon amour,
tu me manques tant !

Parfois je me prends à rêver
que tu es toujours vivante et j'imagine
la vie que nous aurions eue ensemble...
Ton sourire illumine le ciel :
ton absence m'est insupportable
mais Madeleine est une bonne épouse.

Je n'ai pas oublié notre promesse.
Mon fils s'appelle Gustave.
Même s'il n'est pas de toi, c'est un bout de notre amour qu'il portera en lui.
Ma Toinette, je pense souvent à toi... Même si Madeleine me rend la vie douce et agréable.
Tu es et resteras mon grand amour.
Toinette, je sens que je vais bientôt te rejoindre... J'ai aimé Madeleine sur cette terre mais j'espère que nous aurons désormais l'éternité pour nous et que plus rien ne nous séparera...
C'est énorme !
J'y crois pas !
Ça alors !

Marie ! Benjamin !
?
?
On a trouvé des lettres !
Oui, Toinette !
C'est à cause de la vieille sorcière !
!!
Dans la malle, oui !
Madeleine !
Elle a menti !
Ernest a cru que Toinette était morte...
Là-bas !
Avec Ernest !
Sous des uniformes !
HOP!
Hou là ! hou là ! hou là ! calmez-vous, les enfants !
Redites-nous tout ça plus lentement !
Quelles lettres ?
Quelle sorcière ?
La vieille sorcière, oui ! Sœur Magdalena ! C'est elle qui a menti à Ernest !
Tout est écrit dans ces lettres.
Pas croyable ! Ernest a continué à écrire à Toinette...
On a la version de Toinette... Elle dit que sœur Magdalena l'a renvoyée...
Et quand Ernest est revenu la chercher au dispensaire... la sœur lui a dit qu'elle était morte !
Du coup, il est rentré chez lui et a épousé Madeleine... comme son père le voulait !
Noon !
Sans savoir que Toinette était bel et bien vivante...
Et comme Toinette a vu Ernest au bras de Madeleine, elle ne lui a jamais dit...
... qu'elle était enceinte !

Je n'en reviens pas ! Finalement le destin tient à pas grand-chose !
Oui ! Sans cette Sœur Magdalena, Toinette et Ernest se seraient mariés et auraient élevé ensemble leur fils...
... ou pas ! On ne sait jamais ce qu'il aurait pu se passer.
Tu as raison, Tania : avec des si, on mettrait Paris en bouteille !
En tout cas, une chose est sûre : Ernest et Toinette s'aimaient !
À n'en pas douter ! Mais je n'arrive pas bien à réaliser que nous sommes là à refaire NOTRE histoire.
Alors profitons de ce que la vie vient de nous apporter !
Quelles sages paroles !
Ah ah ! Je n'avais pas vu : ce couvre-chef te va à ravir !
Merci mon colonel !
Rompez, jeune recrue !
Mi ?
Même si la vérité n'est pas facile à entendre...
...je vous remercie pour tout ce que vous avez fait !
On a juste trouvé une lettre !
Non, vous avez fait bien plus que ça... Vous avez rétabli la vérité !
Vous savez, les secrets, ce n'est jamais bon ! Alors merci infiniment !
Merci Tania !
Avec plaisir !

Marko - Carbone - Cee Cee Mia - Maëla

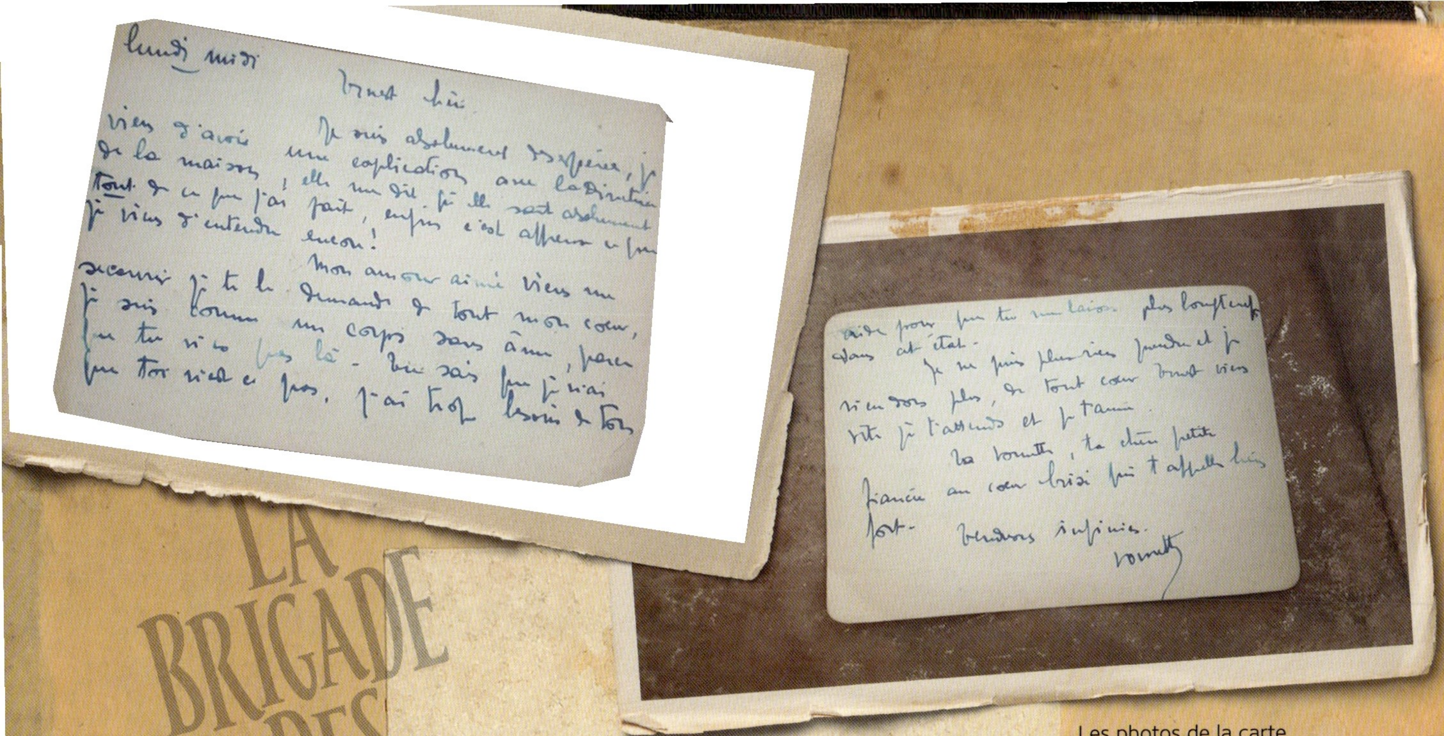

La Brigade des Souvenirs

Le dossier

Les photos de la carte
et de la boîte de biscuits
telles qu'elles ont été retrouvées.

Pour mieux comprendre, repérons-nous dans le temps !

1914

28 juin – Attentat de Sarajevo

3 août – L'Allemagne déclare la guerre à la France

Du 6 au 11 septembre – Bataille de la Marne

1er août – Ernest est incorporé comme soldat

Septembre, après la bataille de la Marne – L'école réquisitionnée devient un dispensaire de la Croix-Rouge

Décembre – Toinette arrive au dispensaire comme infirmière

1915

22 avril – Bataille des Dardanelles

Janvier – Ernest est blessé au combat

Fin janvier – Ernest arrive comme blessé au dispensaire et rencontre Toinette

Février – Toinette écrit sa lettre

Fin février – Toinette est jetée hors du dispensaire = mort présumée de Toinette

Mars – Toinette voit Ernest au bras de sa future femme

11 avril – Mariage de Toinette et Paul

Septembre – Naissance du fils de Toinette (Gustave)

1916

Du 21 février au 18 décembre – Bataille de Verdun

Du 1er juillet au 18 novembre – Bataille de la Somme

1917

6 avril – Les États-Unis entrent en guerre

Mars – Mariage d'Ernest et Madeleine

1918

11 novembre – Armistice

Février – Naissance du fils d'Ernest

1919

28 juin – Traité de Versailles

1920

11 novembre – Inhumation du Soldat inconnu sous l'Arc de Triomphe

La place de la femme dans la société en 1914

Les filles et la femme en général sont très peu considérées au début du XXe siècle. Pour exemple, dans le Nouveau Larousse illustré de 1898, la femme est définie comme étant la “femelle de l’homme, être humain organisé pour concevoir et mettre au monde”.

D’ailleurs, à partir de 1879, les maîtresses sont formées pour transmettre les valeurs de la République ainsi qu’une morale laïque à leurs élèves.

Même si elles travaillent, les femmes sont considérées juridiquement comme mineures : elles sont sous la tutelle de leur mari et soumises à son autorité. Comme l’indique le Code Napoléon (Code civil 1804) :

- Article 24 : Les personnes privées de droits juridiques sont les mineurs, les femmes mariées, les criminels et les débiles mentaux. (Article réformé en 1938.)
- Article 213 : Le mari doit protection à sa femme, la femme doit obéissance à son mari.
- Article 1421 : Le mari administre seul les biens de la communauté. Il peut les vendre, aliéner, hypothéquer, sans le concours de sa femme.

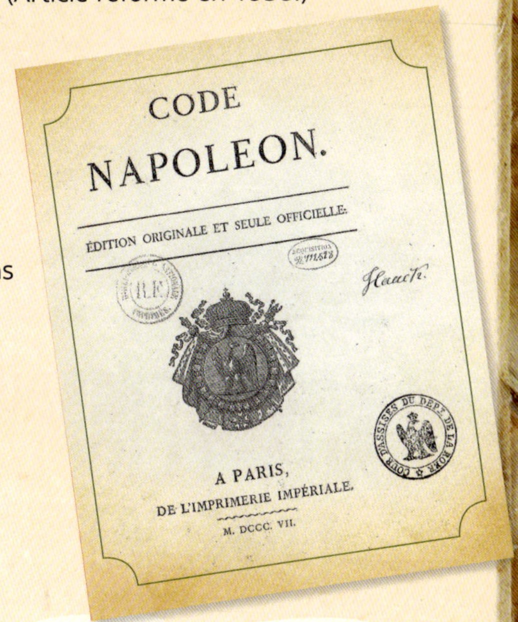
CODE NAPOLEON.
ÉDITION ORIGINALE ET SEULE OFFICIELLE.
A PARIS, DE L'IMPRIMERIE IMPÉRIALE.
M. DCCC. VII.

Depuis les lois Ferry de 1881-1882, l’enseignement est devenu gratuit, laïc et obligatoire de 6 à 13 ans pour les garçons ET les filles. Dès lors, la plupart des filles apprennent à lire, à écrire et à compter. Mais leur instruction reste basique et spécifique (cours de couture par exemple) : l’objectif de l’école est de former de bonnes épouses et de bonnes mères comme le veut la société de l’époque.

Seules quelques filles issues de la bourgeoisie accèdent au lycée et aux études supérieures. Ces progrès de l’accès à l’instruction, même limités, permettent aux femmes de trouver certains emplois et de travailler. Elles deviennent domestiques, ouvrières, paysannes, infirmières ou institutrices.

Privée de droits civiques, la femme est avant tout perçue comme une épouse et une mère au foyer.

L'effort de guerre

Les femmes qui travaillaient avant le conflit poursuivent leurs activités. Pour les autres, elles deviennent très vite un soutien indispensable à l'effort de guerre national. Toutes, à leur manière, vont travailler pour pallier le manque d'hommes, envoyés au combat : mobilisées à l'arrière, elles sont des héroïnes de la survie quotidienne.

Garde champêtre

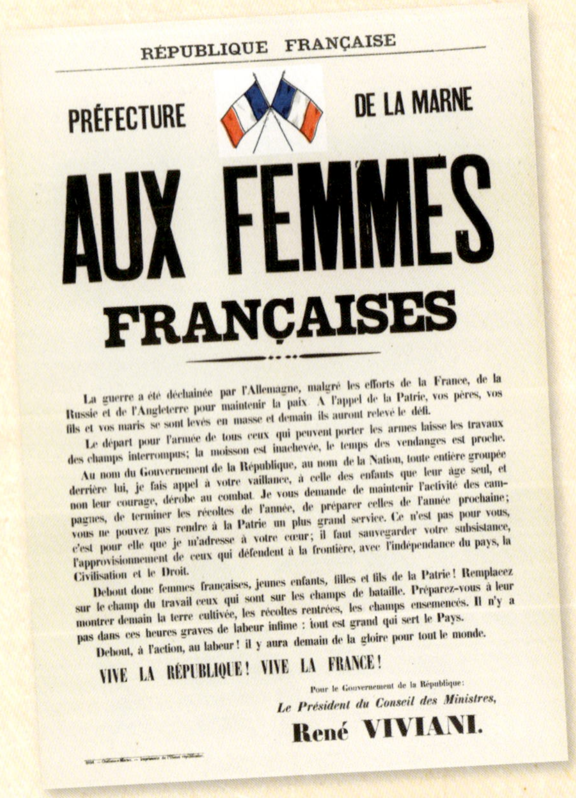

RÉPUBLIQUE FRANÇAISE

PRÉFECTURE DE LA MARNE

AUX FEMMES FRANÇAISES

La guerre a été déchainée par l'Allemagne, malgré les efforts de la France, de la
Russie et de l'Angleterre pour maintenir la paix. A l'appel de la Patrie, vos pères, vos
fils et vos maris se sont levés en masse et demain ils auront relevé le défi.
Le départ pour l'armée de tous ceux qui peuvent porter les armes laisse les travaux
des champs interrompus; la moisson est inachevée, le temps des vendanges est proche.
Au nom du Gouvernement de la République, au nom de la Nation, toute entière groupée
derrière lui, je fais appel à votre vaillance, à celle des enfants que leur âge seul, et
non leur courage, dérobe au combat. Je vous demande de maintenir l'activité des cam-
pagnes, de terminer les récoltes de l'année, de préparer celles de l'année prochaine;
vous ne pouvez pas rendre à la Patrie un plus grand service. Ce n'est pas pour vous,
c'est pour elle que je m'adresse à votre cœur; il faut sauvegarder votre subsistance,
l'approvisionnement de ceux qui défendent à la frontière, avec l'indépendance du pays, la
Civilisation et le Droit.
Debout donc femmes françaises, jeunes enfants, filles et fils de la Patrie! Remplacez
sur le champ du travail ceux qui sont sur les champs de bataille. Préparez-vous à leur
montrer demain la terre cultivée, les récoltes rentrées, les champs ensemencés. Il n'y a
pas dans ces heures graves de labeur infime : tout est grand qui sert le Pays.
Debout, à l'action, au labeur! il y aura demain de la gloire pour tout le monde.

VIVE LA RÉPUBLIQUE! VIVE LA FRANCE!

Pour le Gouvernement de la République :

Le Président du Conseil des Ministres,

René VIVIANI.

En ville, les femmes pallient le manque de main-d'œuvre dans de nombreux secteurs d'activité : distribution du courrier, conduite des tramways et diverses tâches administratives… mais aussi dans les usines d'armement, indispensables à la guerre.

Les munitionnettes

La guerre s'éternise et la plupart des hommes sont mobilisés, les usines font alors davantage appel à la main-d'œuvre féminine, y compris dans les usines d'armement, où les ouvrières sont appelées les « munitionnettes » : elles y fabriquent des avions, des armes, des munitions et de l'équipement militaire.

Pensant que le conflit sera de courte durée, René Viviani, président du Conseil, appelle, le 7 août 1914, les agricultrices, ouvrières agricoles ou femmes d'exploitants à s'occuper des moissons et à préparer les terres, en attendant le retour des hommes dans les campagnes. Dès lors, les femmes cumulent leurs tâches habituelles et celles qui étaient réservées aux hommes, y compris celles nécessitant force et savoir-faire. Les femmes deviennent aussi maréchaux-ferrants, gardes champêtres ou boulangères.

CÉRÈS & TRIPTOLÈME

DÉVOUEMENT NATIONAL

DÉPARTEMENT DE L'EURE

DIPLÔME D'HONNEUR

DÉCERNÉ PAR LE CONSEIL GÉNÉRAL

à Mad^e Périer, Jeanne cultivatrice à St-André-de-l'Eure

qui, en l'absence de son mari appelé sous les drapeaux a assumé courageusement la direction de sa ferme assuré l'exploitation de ses terres et contribué ainsi à la Défense de la Patrie.

A Evreux, le 14 Juillet 1918

Le Préfet — Le Président du Conseil Général

PAR L'ÉPÉE ET PAR LA CHARRUE

Les bourgeoises et les aristocrates

Les femmes les plus riches et les plus instruites participent aussi à leur manière : elles sont très mobilisées dans les réseaux de charité. Certaines trouvent un emploi comme secrétaires ou dans la fonction publique.

Toutes les femmes participant à l'effort de guerre ont découvert un sentiment d'indépendance financière et d'utilité au sein du monde du travail. Mais pour la majorité des femmes, l'après-guerre se traduit par un retour à leur rôle d'épouse, de maîtresse de maison et de mère de famille, ainsi qu'aux valeurs traditionnelles.

Si l'évolution du salaire ne suit pas forcément, les femmes vont cependant acquérir de nouvelles responsabilités dans leur profession. C'est particulièrement le cas des infirmières.

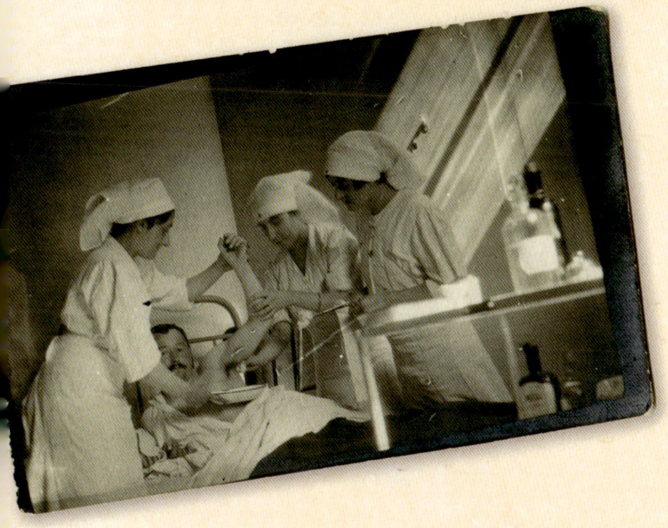

Les anges blancs

Lorsque la guerre éclate, c'est une véritable catastrophe et les médecins et infirmières qui récupèrent les soldats sont complètement débordés. Manquant de bras, les hôpitaux saturés font appel à toutes les bonnes volontés disponibles. De nombreuses femmes volontaires partent alors au front. Surnommées les « anges blancs », elles mettent leur énergie au service des malades et des nombreuses « gueules cassées ».
Ces jeunes femmes novices, ayant simplement « passé leur Croix-Rouge », comme on disait à l'époque – c'est-à-dire qu'elles savaient faire des pansements propres –, doivent faire face aux atrocités de la guerre, aux corps mutilés, aux épidémies comme le choléra et le typhus, et risquer leur vie en côtoyant l'ennemi au plus près. Quelque 100 000 infirmières, dont 70 000 bénévoles, sont envoyées au front et deviennent de véritables icônes pour leur dévouement sans faille.

La médecine de guerre fait un bond en avant impressionnant durant la Première Guerre mondiale, à la fois dans la manière de soigner mais aussi dans son organisation. Les femmes qui étaient déjà formées sont mobilisées, mais des sessions de formation et de recrutement sont également mises sur pied pour pouvoir soutenir la demande. D'abord limitées dans un rôle d'assistanat, les infirmières vont rapidement gagner en responsabilité, jusqu'à pratiquer des soins médicaux qui étaient jusqu'alors réservés aux médecins.

Des femmes remarquables

Nicole Mangin

Lorsque le conflit franco-allemand éclate en 1914, Nicole Mangin, alors médecin et professeur à la Sorbonne, se porte volontaire. Figurant sur les registres comme médecin de l'Assistance publique et membre du Comité de secours aux blessés militaires, Nicole est mobilisée par erreur. En effet, l'administration pensait qu'elle avait affaire à un homme ! Mal accueillie au départ, sa situation est rapidement régularisée devant le manque cruel de personnel médical. D'abord affectée à l'hôpital Glorieux, dans le secteur « calme » de Verdun, elle y soigne les malades du typhus et les patients non transportables.

Affectée ensuite à l'hôpital de Vadelaincourt (Meuse), elle y pratique la chirurgie sous la tente. Près de 875 blessés en moyenne arrivent chaque jour du front ! Intrépide, elle sillonne aussi le champ de bataille à bord d'une camionnette sanitaire pour prodiguer les premiers soins.

En 1917, les autorités la promeuvent médecin-capitaine et lui proposent la direction de l'hôpital-école Édith-Cavell (Paris). Désormais en charge de la formation des infirmières auxiliaires, elle continue son travail de médecin-chirurgien. À l'armistice, elle ne reçoit pourtant ni décoration ni honneurs.

Marie Curie et les petites Curies

Marie Curie se mobilise dès le début de la guerre pour que la radiologie soit présente sur le front et le pari est audacieux !
Femme scientifique de renommée mondiale, elle est l'unique femme à avoir reçu deux prix Nobel (l'un sur les radiations en 1903 et l'autre pour ses travaux sur le radium en 1911).
Consciente de l'importance des appareils à rayons X pour repérer les fractures des soldats et persuadée qu'il ne faut pas déplacer les blessés, la scientifique a fortement participé à la multiplication des ambulances radiologiques dotées du matériel nécessaire et a contribué à les faire parvenir au plus près des blessés. Sa fille, Ève Curie, les appellera ensuite les « petites Curies ». Transformées en véhicules sanitaires, ces voitures sauveront de nombreuses vies.
Accompagnée par sa fille Irène, Marie Curie se rendra elle-même sur les zones de combat.
À la fin de la guerre, elle prend la direction de l'Institut du radium, actuel Institut Pierre et Marie Curie.

BREVET de MARRAINE

Je Soussigné

avoir eu pour Marraine de guerre

M

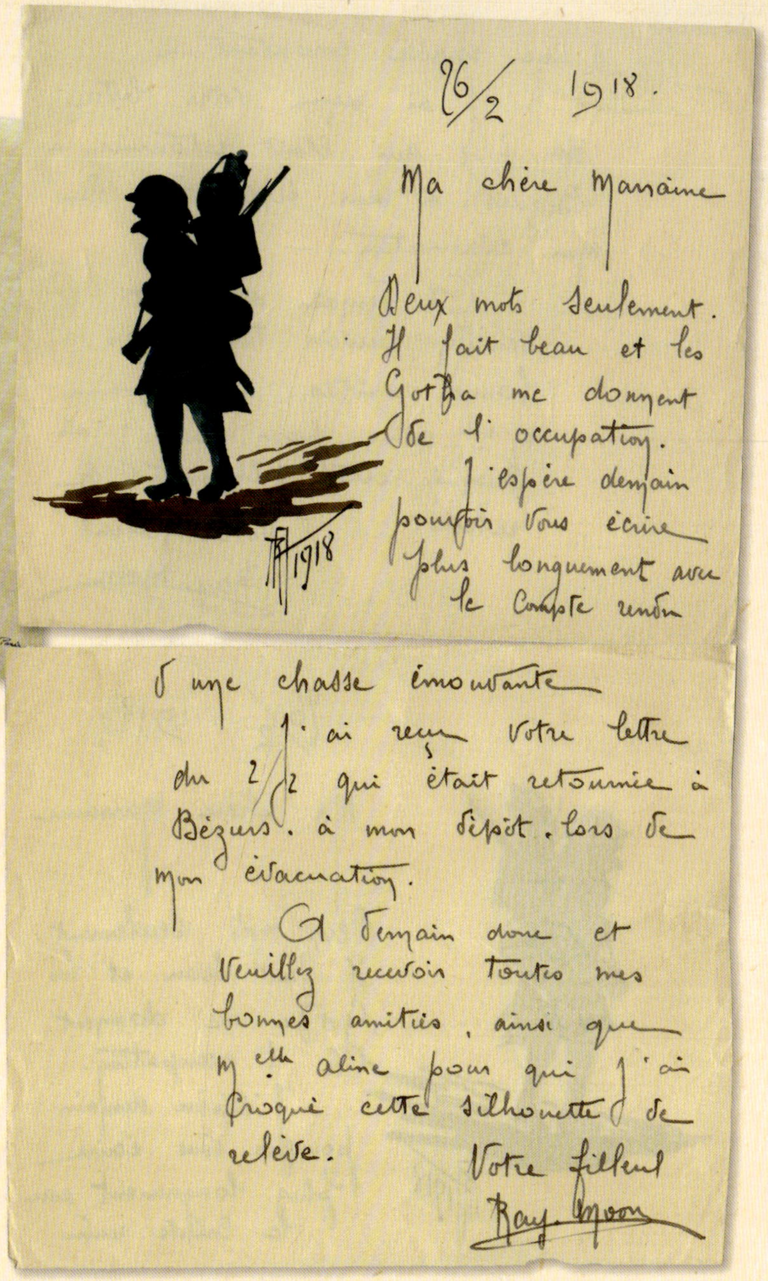

26/2 1918.

Ma chère Marraine

Deux mots seulement. Il fait beau et les Gotha me donnent de l'occupation. J'espère demain pouvoir vous écrire plus longuement avec le compte rendu d'une chasse émouvante.

J'ai reçu votre lettre du 2/2 qui était retournée à Béziers. à mon dépôt. lors de mon évacuation.

A demain donc et veuillez recevoir toutes mes bonnes amitiés, ainsi que Melle Aline pour qui j'ai croqué cette silhouette de relève.

Votre filleul

Les marraines de guerre

La condition des soldats, seuls au front, sans contact avec leur famille, crée l'émotion à travers le pays tout entier. Pour apporter du réconfort à ces jeunes héros, les femmes de la bonne société lancent l'idée des « marraines de guerre ». Colis, lettres, tout est bon pour soutenir le moral des troupes.

L'association « La Famille du soldat » voit le jour en janvier 1915 et est suivie de « Mon soldat ». Cette dernière est soutenue par le ministre de la Guerre, Alexandre Millerand. De nombreux journaux encouragent ces initiatives et servent d'intermédiaire entre les associations, les femmes désireuses de devenir marraines et les soldats. La demande de réconfort des soldats étant sans cesse croissante.

Mais les autorités s'inquiètent du « glissement » qu'opère cette initiative. Les marraines de guerre sont utilisées comme source de renseignements et dans certains cas, celles qui devaient être des mères ou des sœurs de substitution deviennent des femmes à séduire. Dès 1916, le nombre de marraines de guerre décroît fortement.

OUAF
OUAF OUAF
OUAF!
Vous avez vu tous ces noms ?
Et dire que sans Toinette, Ernest serait inscrit sur ce monument aux morts !
Alors techniquement, son nom ne serait pas gravé sur ce monument. Il ne vivait pas dans cette ville.
Oui, mais t'as compris ce que je voulais dire !
Yes, grâce à Toinette et au médecin, Ernest a eu la vie sauve !
Mais ils ont dû voir tellement d'horreurs pendant cette guerre !
Tu m'étonnes : Ernest sur le front et Toinette à l'hôpital !
Il faut que cela ne se reproduise jamais !
Oui, c'est pour ça qu'il ne faut pas oublier ce qui s'est passé.
Tu te souviens, la maîtresse en avait parlé l'année dernière ? Comment ça s'appelle déjà ?
Le devoir de mémoire !
Oui, c'est ça, le devoir de mémoire. C'est aussi pour rendre hommage à ceux qui ont sacrifié leur vie pour nous.
Pour ça, on peut compter sur la Brigade des Souvenirs !
Août-2020- Marko - Carbone - Cee Cee Mia - Maela

Les Biscuits
Roux